当代诗人自选诗

卢卫平——著

# 一万或万一

《星星》历届年度诗歌奖获奖者书系

梁　平　龚学敏　主编

四川文艺出版社

# 星星与诗歌的荣光

梁 平

《星星》作为新中国第一本诗刊，1957年1月1日创刊以来，时年即将进入一个花甲。在近60年的岁月里，《星星》见证了新中国新诗的发展和当代中国诗人的成长，以璀璨的光芒照耀了汉语诗歌崎岖而漫长的征程。

历史不会重演，但也不该忘记。就在创刊号出来之后，一首爱情诗《吻》招来非议，报纸上将这首诗定论为曾经在国统区流行的"桃花美人窝"的下流货色。过了几天，批判升级，矛头直指《星星》上刊发的流沙河的散文诗《草木篇》，火药味越来越浓。终于，随着反右运动的开展，《草木篇》受到大批判的浪潮从四川涌向了全国。在这场声势浩大的反右运动中，《星星》诗刊编辑部全军覆没，4个编辑——白航、石天河、白峡、流沙河全被划为右派，并且株连到四川文联、四川大学和成都、自贡、峨眉等地的一大批作家和诗人。1960年11月，《星星》被迫停刊。

1979年9月，当初蒙冤受难的《星星》诗刊和4名编辑全部改正。同年10月，《星星》复刊。臧克家先生为此专门写了《重现星光》一诗表达他的祝贺与祝福。在复刊词中，几乎所有的读者都记住了这几句话："天上有三颗星星，一颗是青春，一颗是爱情，一颗就是诗歌。"这朴素的表达里，依然深深地彰显着《星星》人在历经磨难后始终坚守的那一份诗歌的初心与情怀，那是一种永恒的温暖。

时间进入20世纪80年代，那是汉语新诗最为辉煌的时期。《星星》诗刊是这段诗歌辉煌史的推动者、缔造者和见证者。1986年12月，在成都举办为期7天的"星星诗歌节"，评选出10位"我最喜欢的中青年诗人"，北岛、顾城、舒婷等人当选。狂热的观众把会场的门窗都挤破了，许多未能挤进会场的观众，仍然站在外面的寒风中倾听。观众簇拥着，推搡着，向诗人们"围追堵截"，索取签名。有一次舒婷就被围堵得离不开会场，最后由警察开道，才得以顺利突围。毫不夸张地说，那时候优秀诗人们所受到的热捧程度丝毫不亚于今天的任何当红明星。据当年的亲历者叶延滨介绍，在那次诗歌节上叶文福最受欢迎，文工团出身的他一出场就模仿马雅可夫斯基的戏剧化动作，甩掉大衣，举起话筒，以极富煽动性的话语进行演讲和朗诵，赢得阵阵欢呼。热情的观众在后来把他堵住了，弄得他一身的眼泪、口红和鼻涕……那是一段风起云涌的诗歌岁月，《星星》也因为这段特别的历史而增添别样的荣光。

成都市布后街2号、成都市红星路二段85号，这两个地址已经默记在中国诗人的心底。直到现在，依然有无数怀揣诗歌梦想的年轻人来到《星星》诗刊编辑部，朝圣他们心中的精神殿堂。很多时候，整个编辑部的上午时光，都会被来访的读者和作者所占据。曾担任《星星》副主编的陈犀先生在弥留之际只留下一句话："告诉写诗的朋友，我再也不能给他们写信了！"另一位默默无闻的《星星》诗刊编辑曾参明，尚未年老，就被尊称为"曾婆婆"，这其中的寓意不言自明。她热忱地接待访客，慷慨地帮助作者，细致地为读者回信，详细地归纳所有来稿者的档案，以一位编辑的职业操守和良知，仿佛春风化雨，润物无声地温暖着每一个《星星》的读者和作者。

进入21世纪以后，《星星》诗刊与都江堰、杜甫草堂、武侯祠一道被提名为成都的文化标志。2002年8月，《星星》推出下半月刊，着力于推介青年诗人和网络诗歌。2007年1月，《星星》下半月刊改为诗歌理论刊，成为全国首家诗歌理论期刊。2013年，《星星》又推出了下旬刊散文诗刊。由此，《星星》诗刊集诗歌原创、诗歌理论、散文诗于一体，相互补充，相得益彰，成为全国种类最齐全、类型最丰富的诗歌舰队。2003年、2005年，《星星》诗刊蝉联第二届、第三届由中宣部、国家新闻出版总署、国家科技部颁发的国家期刊奖。陕西一位读者在给《星星》编辑部的一封信中写道："直到现在，无论你走到任何一个城市，只要一提起《星星》，你都可以找到自己的朋友。"

2007年始，《星星》诗刊开设了年度诗歌奖，这是令中国诗坛瞩目、中国诗人期待的一个奖项。2007年，获奖诗人：叶文福、卢卫平、郁颜。2008年，获奖诗人：韩作荣、林雪、荣荣。2009年，获奖诗人：路也、人邻、易翔。2010年，获奖诗人、诗评家：大解、张清华、聂权。2011年，获奖诗人、诗评家：阳飏、罗振亚、谢小青。2012年，获奖诗人、诗评家：朵渔、霍俊明、余幼幼。2013年，获奖诗人、诗评家：华万里、陈超、徐钺。2014年，获奖诗人、诗评家：王小妮、张德明、戴潍娜。2015年，获奖诗人：臧棣、程川、周庆荣。这些名字中有诗坛宿将，有诗歌评论家，也有一批年轻的80后、90后诗人，他们都无愧是中国诗坛的佼佼者。

感谢四川文艺出版社在诗集、诗歌评论集出版极其困难的环境下，策划陆续将每年获奖诗人、诗歌评论家作品，作为"《星星》历届年度诗歌奖获奖作者书系"整体结集出版，这对于中国诗坛无疑是一件功德无量的举措。这套书系即将付梓，我也离开了《星星》主编的岗位，但是长相厮守15年，初心不改，离不开诗歌。我期待这套书系受到广大读者的青睐，也期待《星星》与成都文理学院共同打造的这个品牌传承薪火，让诗歌的星星之火，在祖国大地上燎原。

2016年6月14日于成都

# 论卢卫平（代序）

臧　棣

　　卢卫平的诗歌，有一个非常明显的优点，就是和当代其他的诗人相比，它特别重视诗歌的看见的能力。按流行的诗歌观念，诗歌的核心在于想象。浪漫主义诗学执着于想象，它坚信诗人的创造体现在想象上。这当然没错。但是，我们如何想象这个世界，诗人又如何想象人和世界的关系，其实存在着很多暧昧之处。回顾新诗百年，我们不乏充满想象的诗歌，也不乏试图揭示社会现实的真相的诗歌。想象的诗歌如果没有深厚的文化根基作奥援，它会流于诗意的空洞和语言的贫血。力图揭示现实的诗歌，如果一味从关于现实的教条出发，它其实也会越来越远离生存的真相。

　　作为一个诗人，在我看来，卢卫平最可贵的地方就是，他确立了非常明确的当代意识。对于诗人的当代意识，我们已谈论了很多年。但究竟什么是诗人的当代意识，依然令人深感困惑。这里，我愿意相信，卢卫平的诗歌，以及卢卫平在他的诗歌中展现的诗人的态度，或许可以为我们摆脱这些困惑，提供一个富有启发性的参照。在我看来，卢卫平的诗歌态度是非常鲜明的。他就是要从当代的生存状况出发，去书写一个非常具体的人的感受。他有很强的现实感，但这种现实感有和常见的诗歌的现实主义文脉中的现实性不同。卢卫平无意按照有关现实的教条来观察现实，或摹写生活场景，它的诗歌意图不是要把一个人对生存境况的现实感受最终都要升华为对某个现实真相的揭示；那样的话，诗歌必然受困于僵死的教条。他总是从存在的具体性出发，通过静心的体察，通过耐心的领会，来慢慢推进一个诗人对现实世界的洞察。

　　尽管我自己的诗歌天性和卢卫平有很大的差异，我们两人为诗歌确立的出发点也很不相同，但在文学的深层，我也能感到我们的诗歌观念又有很多相通之处。现代诗歌非常强调诗人的观察力。按庞德的说法，诗歌要想和现代小说竞争，诗人必须克服浪漫的想象，对缺乏具体性的诗歌视域做一次深刻的告别。诗人必须发展他自己的观察世界的能力。这个意思，按里尔克的表述，就是"诗是经验"。从发挥自由的想象到学会如何观察，现代诗歌确实发生了一次重大的转向。卢卫平的诗，在某种程度上，回应了这一转向。

　　卢卫平特别关注身边的事物，关注诗的日常性，关注语言的具体性。这种关注首先体现他对世界的观看上。诗人观察世界的方式可谓多种多样。和那些相信存在着一个现实的本质，并以此来观察世界的诗人不同，卢卫平对现实世界的观察要朴素得多。

很多倾向现实的诗人，都喜欢透过现实的表面去捕捉一个现实的真相。这样的诗人不愿意目击现实的表面，他们更相信现实背后的那个真理。但卢卫平的特异之处在于，他很信任现实的表面，他也喜欢将诗人的目光驻留在事物的表面。诗人的观看决定着诗歌的深意。在我看来，卢卫平所展示的诗歌方式，不外乎是通过现实的表面来揭示生存的含义；相比之下，就诗的技艺而言，它也许比一味通过现实的真相来图解现实的意义的诗歌方式更卓有成效。

　　总体的诗歌态度确立之后，在具体的语言措施方面，卢卫平也显示了一个诗人独特的敏锐和耐心。如何将诗人对日常事务的关注，落实到具体的语言书写中，这对每个诗人都是一种挑战。从诗歌观念上讲，卢卫平比其他的诗人更加强调诗歌想象力和日常经验之间的关联；他主张诗人应该从身边的事物出发来建构诗歌的想象力，诗人的任务之一就是，要努力发现掩藏在日常事物背后的诗意。比如，卢卫平在他的多篇诗学随笔中，都强调诗人一定要写他亲眼能看见的事物。这样的诗歌主张，也可以理解为一个诗人的审美天性的自然展露；但在我看来，诗人天性的自然展露，放在当代诗歌的大背景中去考察的话，也是非常具有启发意义的。在新诗的百年实践中，有一个很大的缺陷就是，诗人不愿意信任事物的表面。不仅仅是诗人这样，读者也是如此。甚至诗的读者比诗人还要急切地丢弃事物的表面，直奔事物背后的某种真相。这种诗歌心态对诗歌文化造成了很大的伤害。它产生的恶果之一，就是我们既没有抓住现实的表面，也没把握到事物的真意。对卢卫平来说，黄金在天上舞蹈，这样的诗歌方式有点脱离诗歌的现实关怀。卢卫平甚至觉得，这样的诗歌姿态，已不完全是诗人的审美天性的自由选择的问题，而是诗歌文化的内在危机的体现。所以，对一个当代诗人来说，他要做的最紧迫的事情就是，学习正视身边的事物，并造就一种新的信任：诗人必须学会从日常事物中获取存在的真理。也许，正是由于很好地在诗歌观念上解决了对日常性的关注问题，卢卫平的诗才写了一种乐趣和深度。

还有一个层次。从卢卫平的诗和他的相关表述来看，诗人对日常性的关注，不仅牵扯到当代诗的审美问题，也涉及当代诗的洞察力的问题。在这方面，他似乎比很多当代诗人要激进一些。因为在他看来，不愿意写身边的事物，其实是一种诗歌能力的匮乏的表现。对身边的日常事物的蔑视，从根本上讲，反映出的问题也许是诗人的洞察力的萎缩。因为他们无能看不见日常事物本身的含义。这或许，还不仅仅是诗人眼光的问题。对身边的事物缺乏兴趣，在本质上，其实是诗人的生命能力的一种退化。在新诗的历史上，诗人们总愿意拥抱宏大的历史想象，很少心甘情愿把眼光投向微小的事物。积习到一定程度，诗人对日常事物的见识也越来越粗鄙。粗鄙的表现之一，就是我们的诗歌已无能在生命的意义和细微的事物之间建立起一种诗意的联系。在当代的诗歌书写中，诗人对身边的事物的关注，有一个非常明确的意图就是：诗人相信我们身边的事物，包含有一种东西能直触生命的意义。细微的事物，平凡的事物，不仅能展现生命的迹象，而且也构成了最真实的生存的氛围。

卢卫平的诗表面看起来，写得相当平实。但在平实的风格的背后，其实还隐含着一种激烈的诗歌立场。即从诗歌阅读的角度出发，我们能强烈地感受到，卢卫平对日常事物的描绘，对现实生存的揭示，无不指向了一种诗歌的道德关怀。和躲躲闪闪的其他诗人不同，卢卫平愿意将诗人的立足点建立在对平凡的事物的信任之上。对他来说，这种信任绝不局限于一种审美取向，而是一个诗歌的道德问题。它的核心是，诗人是否还愿意对日常的现实生活负责。而令人感到钦佩的是，他并没有把诗歌的道德关怀变成一种针对他人的武器。比如，在当代诗歌的场域里，我们经常会见到别有心机的论者拿诗歌的道德问题，居高临下地指责他人。卢卫平的诗歌中体现出来的道德关怀，主要是内省的，自我启示的。它表现为一个诗人对自己的写作的内在的严格的自我要求，这是很可贵的。

或许，我们还可以进一步从新诗史的角度来衡量卢卫平的写作的意义。呼吁诗人重视身边的事物，这种主张在百年新诗历史上并不稀奇。像朱自清在写作《新诗杂话》时期，已多次谈论过新诗的写作和平凡诗学的关系。他同时代的很多人，如沈从文，李广田也谈论过。这些人都把对平凡的关注，辨认为现代诗歌审美的大趋向；主张现代诗的核心想象力是，在平凡的事物背后发现不平凡的东西。在朱自清看来，新诗要想完成自身的现代化，要想取得一种诗歌的现代性，新诗就必须发展出一种更稳固的文学能力，即从平凡的事物中提炼奇异的能力。这其实就是后来的文学理论强调的"陌生化"。对远方的事物的想象，当然是一种诗的能力。但从日常关系的角度出发，与我们最密切的关联，恐怕还是对身边的平凡的事物的想象。卢卫平的诗歌中就有很多对身边事物的精彩的想象。

在卢卫平的同龄诗人中，比如说第三代诗人，也活跃着一股顽强的诗歌力量，主张诗歌必须写普通人的日常生活。第三代诗人主张诗歌的主体不再是先知、不再是英雄人格，而应该就是身边的熟悉的人物。诗歌的经验应以日常的生活感受为核心，努力戒除夸张的、浮泛的、宣泄的诗歌情感。所以，如果从诗歌史的发展脉络来看的话，卢卫平的写作基本上延续了当代诗歌中偏向日常经验的美学路径。从诗歌方向上看，新诗的百年实践基本上是以历史经验为轴心展开的。偶有偏离，要么遭到主流诗歌的批评挞伐，要么流于自生自灭。而在当代的诗歌场域里，诗的写作究竟是以历史经验为核心，还是以日常经验为核心，依然存在着激烈的纷争。但至少出现了一种新的可能性，已有越来越多的诗人意识到，建立在新诗和历史经验之间密切的关系之上的书写模式，极大地限制了诗歌的实践空间。这种书写模式，很容易变得专断，流于意识形态的偏见，自闭于美学的虚假。所以，在当代诗歌的视域里，重启诗歌和日常经验的关联，不仅关涉诗歌想象力的转向，也牵连诗歌文化的重大的转型。从这个角度讲，卢卫平这些依托日常经验的诗歌，从诗的日常性出发的诗歌，写出了生存的感受的真实性的诗歌，或许可以为重新思考当代诗歌和日常性的关联，提供有个有力的可靠的参照。至少，卢卫平做到了这一点：对身边的细小事物的关注和书写，不仅仅是一种审美的偏爱，它更是一种诗歌能力的体现。

　　坚持这样的写作，其实是需要很大的勇气和定力的。当代诗歌场域里，经常会有论者将诗人对日常事物的书写，归结成诗歌的病态。斥责其为诗人沉溺于小我，自说自话。比如，北岛经曾批评当代诗歌，中国的当代诗歌，美国的当代诗歌，都是写日常经验，写身边的事物，写鸡毛蒜皮，没有什么大的抱负。这其实就是一种偏见。支撑这种偏见的，就是前面提到的将诗歌和历史经验紧密挂钩的那种文学观念。所以，这里其实也包含着一个如何看待诗歌价值的大问题。流行的文学潜意识里，写细小的事物，写平凡的事物，到底能不能展现出诗歌的最根本的关怀，依然是一个疑问。

卢卫平的很多诗，像《分离》《在水果街碰见一群苹果》《玻璃清洁工》《修坟》等，都是写身边的所见所闻，都是具体的日常经验出发。但是，经过诗人的眼光的转化，经过对意义的精心的把握，那些看似很细小的事物，很多平凡的细节，却直指我们的生存中最核心的情感体验。所以，在我看来，卢卫平的写作其实为当代诗歌的走向起到了一种提示的作用。写细小的事物，照样可以在生活的平凡中触及生存的奇异。通过写身边的事物，平凡的事物，照样写出诗歌的最根本的人文关怀。

# 目录

**第二辑　在水果街碰见一群苹果**

## 第三辑　在邮局填汇款单

## 第四辑　在戈壁

| 第一辑 | 在命运的暮色中

# 多年后

多年后，我将年逾古稀

没有衣锦，我也还乡

写完这首诗，我就开始注意饮食和卫生

坚持慢跑，不发怒，为多年后还能种丝瓜

小白菜、朝天椒、刀豆，积攒一些力气

这是我一生相依为命的蔬菜

如果还有空闲，我将在我房前屋后

栽下一些竹子，竹子里的风声

会替我回忆我清贫的一生

如果下雪，竹叶上轻轻颤动的雪花

多像我的白发闪着逝去岁月的光芒

我有足够的耐心等到竹子拥挤时

开始编织竹篮，一天编一个

我为每个竹篮取一个乡土的名字

写五十字以内的编织笔记

这些无用的名字和笔记

只是为了给一模一样的竹篮

一个短暂的记忆和区分

一年三百六十五个竹篮，装着竹子生长

耗费的时光和我最后的积蓄

谁一无所有，谁口干舌燥

我愿意把所有的竹篮给他

我唯一的心愿就是他能打到水

# 年近半白

岁月的冬天不会将雪下错地方

白茫茫的镜子里，我的头发白了一半

窗前，半江碧水白白流走

母亲不在了，留下父亲在半个故乡

守着半边天空，白云千载，空悠悠

还赞美白露吗？它已在半夜凝结成霜

风雨中的半老徐娘

就是当年西湖边

那个朝思夜梦的白蛇娘子？

无法摘除的白内障里

萍水相逢爱过的人，一刀两断恨过的人

都已面目模糊。白日依山尽

但我不会再上鹳雀楼

我黄昏的阁楼里有一张白蒙蒙的书桌

一本白色封面的诗集在等着我

去听白鹤在旷野孤独的哀鸣

去看白鹭在暗夜忧郁的舞蹈

揉皱的稿纸上有我提前写好的墓志铭

我不会交白卷

我不会恐惧魔鬼交卷的铃声

酒肉过后，一棵白菜

足够陪伴我剩下的白发飘飘的半生

# 石头和水

那年我七岁，在池塘里打水漂
石头为了自己走得更远
不停地划伤水，石头曜曜的声响里

有水的疼痛。石头沉没了
水面上只留下一圈圈叹息
我性格中的柔软从这叹息里开始

上学路上，要经过一条小河
枯水季节，河里的石头比水多
我光着脚，走在这些石头上

光滑，圆润，没有划伤的危险
从山上流下来的水在暗中费了多少心血
才把石头教育得这么温顺

我一直怀疑我的世故跟这些石头有关
上地理课后，这条叫倒水河的小河

流到了长江。我也跟着它到了省城

在长江边上，我一次次试着将一块块石头
从北岸投掷到南岸。我扔出的石头在中途落水
我人生的许多失败都是这些石头落水溅起的回声

此刻，我放下鱼竿，坐在海边
看见大海开出的花朵在瞬间凋谢
看见即将分离的人说着海枯石烂

我微微一笑，像夕阳消逝前在海面闪烁
再过一会儿，大海就会退潮
我会在海滩上拾捡到大海给我的贝壳

但我起身走了，多少年过去了
我已不再纠缠于水落石出
时间堆积的淤泥下无数失去棱角的石头无疾而终

# 中年货车

我知道，还可以装一些不肯熄灭的酒
一些喜鹊吵不醒的梦，一些大海的豪言
一些闪电的愤怒和冰雪的泪水

但我不再装了。我要留下一些空间
让风吹过时有短暂的停留，为写着诗句的纸片
为一朵不愿意凋谢的墨菊

我知道，还可以用力踩没有生锈的油门
在不知终点的高速公路上狂奔
从群星闪烁的子夜到细雨蒙蒙的黎明

但我为了省下一些心跳
给开花的铁树，夕阳里散步的蜗牛
生锈的水龙头和记忆中所有越来越慢的事物

我走在来时的路上，遇见的人都似曾相识
当年栽下的白桦树，为远走他乡的落叶

回到枝头，一个冬天没合上眼睛

起点就要成为终点。我不再担忧
刹车会在玫瑰绽放的瞬间失灵
不再担忧悬崖上有拐不过的急弯

在这条路上，谁也无法调头
我应该还有足够的时间卸下青草的悲悯，豹子的名声
泥土的情感和像石头一样被反复命名的自己

大地上应该还有足够的山水
让我选择我成为废铁后
最后安顿的地方

# 安　慰

午夜，雨丝不再相互缠绕
我听出了乱云在为此前的吵闹声
向我道歉，这让我感到安慰

为缝补多年前那件你在诗中撕破的
黑色衬衫，凌晨三点，我还在用一丝丝痛
穿过记忆渐渐昏花的针眼

过时的岁月熟睡在雨水的空隙处
它们不会知道熄灯后，入睡对于我
是怎样艰难。当眼睛屏蔽了天花板

潜意识活跃起来惊醒流水
雨滴又开始相互追赶。要不是玻璃柔软
我的心就会被敲碎

一只鸟儿，我的新客人
在窗台上不停颤抖

像一个迷途者刚看见人烟

为它我重新打开灯，让太阳
从我九平方米的卧室真正升起一次
我发现，睡眠是多么需要被安慰

# 在命运的暮色中

在命运的暮色中
一个盲人在仰望天空
一个聋子在问盲人，看见了什么
盲人说，看见了星星

聋子沿着盲人的方向望去
有星星闪烁
聋子问，你是怎么看见的
盲人说，坚持仰望
就有不灭的星在内心闪耀

你听见星星在说什么
盲人问聋子
聋子说，星星正在和哑巴交谈
哑巴的手语告诉我
星星将引领我们走向光明的坦途

# 楼道的灯坏了

楼道的灯坏了

我摸黑走到七楼

打开家门

我发现

我的家竟然

那么亮堂

多少年视而不见的事物

也在闪闪发光

# 在白居易墓前

一个内蒙人说离离原上草

一个西藏人说一岁一枯荣

一个海南人说同是天涯沦落人

一个甘肃人说相逢何必曾相识

一个杭州人说回眸一笑百媚生

一个上海人说六宫粉黛无颜色

一个长沙人说在天愿作比翼鸟

一个武汉人说在地愿为连理枝

一个南京人说别有幽悲暗恨生

一个广州人说此时无声胜有声

一个济南人说野火烧不尽

一个长春人说春风吹又生

他们都是说的方言

但每一句我都能听明白

# 读 书

昏暗的下午，我在读一本书
蓝色的拼音文字，岛屿一样的插图
让我风尘仆仆的身心沉浸在浩瀚中

波涛翻动着书页，海鸥替我朗读
朦胧的章节，潮涨潮落里
是我一目了然的前世今生

穷经皓首，我能为多少沉船考古
我听见的汽笛，冲破朝雾和暮霭
为迷失在噩梦的人招魂

借着星月，我能彻夜读书
但我不能像鱼一样深入书的内部
我不会比一块沧桑的礁石懂得更多

# 终　于

终于习惯了在白天的喧嚣中沉默

夜晚却响起了无法抑制的鼾声

是什么让我睡着了还在喊叫


终于因为磨难有了骨气

五万斗米我也不会折腰

诊断书上却宣判我是骨质疏松症晚期


终于知道我手中那些千辛万苦的沙子里

有世人看不见的黄金

它们却都在我紧紧抓住时纷纷流逝


终于可以清晰地听见自己的心跳

可身体那列渐渐老去的火车

每次喘息都拉响拐弯或即将到站的汽笛


终于站在自己建造的高楼顶上

瞬息万变的云彩就要为我加冕

我却看见了整个世界都在随我颤抖的双腿摇晃

终于在向疾病学习的过程中学会散步
夕阳的余辉里有我最好的藏身之所
那个承诺跟我捉一辈子迷藏的人却厌倦了寻找

# 月 末

每到月末，他就会搬动家具

有限的几件家具在他无限的想法中

反复改变着他狭小的生活


搬动得最多的是沙发和床

他用搬动沙发来变换窗外容易厌倦的风景

和喧闹而单调的鸟声


是同一个沙发，还是另一个沙发

经常来喝酒的几个写诗的朋友

不止一次坐在被他搬动的沙发上争论


在一切为了有用的年代

他乐意听到这样无用的争论

他一直相信床能改变梦的方向


不耽误每一缕晨曦，许多人喜欢床头对着太阳

他不是这样。他希望太阳最后照到他

他总是在暗夜找到最闪耀的词

搬动衣柜时，他得竭尽全力
好像只有这样才能抖落风衣上
看不见的风尘。一件发白的棉衣

他舍不得丢掉，二十多年了
他就靠这件棉衣帮他记住故乡
他搬动相框，他不能让一张黑白照片

在一面墙上生出记忆的锈迹
那样墙会斑驳，他会眼花
独自一人时脆弱的叹息会充满沧桑

他最欣慰的是搬动鞋架
那些千辛万苦的鞋子
终于能够不用自己行走到达一个新的地方

他唯一没有搬动过的就是书柜
这源自他对海德格尔和博尔赫斯的敬畏
静默的书里他们说出了世界的秘密

他最好奇的是一个又一个月末

搬来搬去的家具从未对他表达过

一丝一毫的厌烦，并用薄薄的灰尘提醒他搬动

## 葬花词

如果不去想它的毒，罂粟

就是世界上最美丽的花

波德莱尔四十六年的忧郁

没有走出它给巴黎酿造的幻觉


没有谁会想到，里尔克会死于玫瑰

他一生赞美玫瑰，但玫瑰的红

没能让血浸透他五十二岁的鹅毛笔


宦海中沉浮，出污泥而不染

为与荷花相拥而眠，屈原溺水而亡

六十二岁的《离骚》穿越时空的叹息


为桂花的暗香，大江东去的苏轼

在月亮上建造虚无的蟾宫

如梦的人生，在六十四岁的夜晚

发酵成一坛千年的烈酒

菊花的黄，让李清照一生的爱恋面无血色

七十一岁的黄昏，一层薄霜

为她写出清瘦的挽联


陆游八十五岁了，嘴里还吟着钗头凤

一把老骨头，比梅树的枝桠坚硬

梅花零落成泥，他才含笑闭上眼睛


这些幸运的花，这些陪伴诗人安葬的花

它们找到了复活的秘密

就像此刻，我面对一朵昙花

我愿意用一生为它找到一个词

让它瞬间的开放成为永恒

# 四十三岁的弥尔顿

四十三岁的弥尔顿双眼失明
四十三岁的弥尔顿已不需要一双肉眼

从《失乐园》到《复乐园》
从撒旦到上帝，从哀歌到颂歌
他看到了彩虹之上的一切

为俗世的快乐，我削尖目光
在生活的缝隙钻研功利和虚荣
四十三岁的冰雪中
我才看见一朵微笑暗藏的钝刀
一张白纸包住的烈火

四十三岁的弥尔顿已不需要眼睛
四十三岁的我才睁开一双肉眼

合上他的传记，夜已深了
西窗上最闪亮的那颗星

就是弥尔顿啊，他照着无边的大地

照着我的敬畏和愧疚

# 雪中的乌鸦

只有来自天堂的雪

能为人世间的乌鸦雪耻

为等待一场雪的降临

乌鸦成了冬天树枝上唯一不落的叶子

它希望它的执着能挽留雪花

它希望雪就是它梦想中的洁白外套

它想收回它曾说过的每一句话

它在雪中沉默，多么像一只温顺的鸽子

它无法冷却内心的温度

无法让血在飞过墓地时停止流动

它渴望为它雪耻的雪

成了在冬天淋湿它的泪水

# 时间并没有放慢脚步

一些事，简单而熟练
但我现在做起来，不知不觉慢了
比如刷牙，洗脸，梳头，照镜子
饮一壶浓茶，喝一杯老酒
吃熟透的芒果，嚼带骨头的肉
读一本线装书，写一封家书
走一条小路，不踩到蚂蚁
送别友人，转身后听见他的抱怨
看潮水在夕阳中淹没沙滩上的脚印
在这样的慢中，大海渐渐陈旧
钟表锈迹斑斑，曾经的车水马龙
终于在内心偏安一隅
我知足，平静，不在一朵杏花的凋谢里
回忆昨天，不在一只苹果的芳香中
想往明天。偶尔的惊慌
来自镜中那个渐渐陌生的人
他用牙齿脱落后空洞的缺口告诉我
时间并没有放慢脚步

它一直在奔跑，不知疲倦

# 我 们

我们栽树

不是和鸟儿们争夺天空

而是为它们能多一把

弹奏大地的木琴

我们脸上有漩涡

不是要淹没你

而是为你能饮一杯

醉人的微笑

我们远足

不是背你而去

而是为你寻找失去的家园

我们痛哭

是为了在泪水里

显影出另一个我

我们无比宽容和善良

绞尽脑汁

将月亮脸上的疤痕

描绘成一棵

暗香浮动的桂花树

# 岁月的锯声在响

一个人

一棵树

一片土

不分昼夜

岁月的锯声在响

你被一左一右地锯着

即将倒下的瞬间

时间的木屑

正好在你脚下

堆起一座坟墓

那倒下的回声

就是你的悼词

# 垂　钓

姜尚在渭河边一坐

鱼便绝种了

后来的钓者只是

模仿之中的一种体验

在很多时候

我们学古人的样子过当下的生活


整整一个下午

我坐在姜尚的膝上

听他默默地说一句话

"愿者上钩"


依稀中似有一条大鱼上钩

猛一挥臂

竟是我在鱼竿上晃悠

# 一个人走在旷野

乌鸦的叫声让他抬起头
他看见乌鸦的翅膀下
藏着黑色的闪电

他的铠甲瞬间被击穿
裸露在风中的
只有他内心的枯草

他身后的衣袋
有他一生的干粮
到此时他才会意外找到

# 疼　痛

深夜，楼上传来笑声

像从黑暗的剑鞘里

抽出一把孤独的冷剑

刺穿窗外的寂静

此刻，曼德尔斯塔姆的诗全集

刚好被我读到黑色的蜡烛这一页

我一阵抽搐

我不知道我胸口的疼痛

是来自楼上冷冷的笑声

还是蜡烛滚烫的泪水

## 循环诗——仿特拉克尔

我只能用自己的醉

唤醒酒瓶中沉睡的烈酒

当月亮的诗歌被蝙蝠误读

唤醒酒瓶中沉睡的烈酒

我只能用自己的醉

# 鸥　鸟

晨曦中，我看见一只鸥鸟

站在桅杆顶上。此刻，船还在波浪

的鼾声里沉睡，船梦见了鸥鸟

我看见的鸥鸟，为了能在桅杆顶上站稳

张开了平衡的翅膀

船梦见的鸥鸟，张开翅膀

引领着自己在大海上飞翔

我看见鸥鸟，和船梦见的鸥鸟

是同一只鸥鸟

# 大海短句

浪是大海在练习长高
海鸥是大海在梦想飞翔

你坐在礁石上
大海用你忧郁的目光
染蓝自己每一缕头发

# 在沙漠深处燃放烟花

心怀悲悯的人啊——

你们在人群中找不到我的时候

我在沙漠深处燃放烟花


走遍万里河山

我只能在那里

让我的孤独像星空一样灿烂

# 还 债

树用落叶还扎根时
欠下的大地的债

乌鸦用一生的忏悔
还无法更换的黑色外套的债

礁石用波涛永不停息的轰鸣
还听不见自己的债

水手用淹没在人海
还在大海上勇立潮头的债

山峰用弥漫的云雾
还大山遗世独立的债

真理用独自一人
还谎言前呼后拥的债

中年用轻声细语

还青春喧嚣的债


灵魂用斤斤计较

还身体挥霍的债

# 一万或万一

海鸥的歌声里，一朵浪花
有一万朵浪花的洁白和欢乐


风帆的叹息中，一万朵浪花
只有一朵浪花的蓝色和忧郁


大街上，喧嚣的人群
一个人有一万个人肤浅的欲望


孤灯下，静寂的背影
一万个人只有一个人深刻的虚无

# 哥特兰岛的午夜

波罗的海发出的鼾声不需要翻译
我听懂了鼾声中的蓝色词语
我醒着，教堂顶上的十字架也醒着

我醒着，是因为时差
此时，我的国度奔走在上班的路上
阳光下每一张脸上都写着匆忙

十字架醒着，是因为它的祈祷
还没有完成，它在祈祷天堂的星光
不要放弃灯盏熄灭后的大地

此刻，无数的人
正在想新的一天还有什么可以得到
而我在哥特兰岛只想有什么没有失去

# 钟表匠

一场大病后

他决定不再把一生的技艺

传给他唯一的儿子

他忧心儿子像他一样

校正了方圆百里的时钟

最终在剧烈的咳嗽中明白

天下最精湛的钟表匠

能把秒针对准日落月升

也无法校正自己身体内的时钟

# 南唐后主

再给自己起一百个隐士的名字
你也无法隐藏你体内柔软的光芒
走下崇文馆的台阶，你的悲剧开始诞生

小楼昨夜，春风徐徐
月如小周后的脸，随柳絮憔悴
几滴寒星，如泪珠眨你故园的眼睛

生于七夕，死于七夕，却无鹊桥架通
昏君与天才之间的银河。是幸运还是不幸
历史和文学在时间岸上争论不休

也曾梦想在一壶酒里，在万顷波中
飘若茧缕，孤舟独钓，可你是个女人
坐在石头城上，你骨酥如水

成王败寇，一个帝王被诗词点化成蝴蝶
岂能存半壁河山。赵匡胤只识烈酒

只识黄袍，只识金戈铁马

佛没有救你，没有将砒霜化为蜜糖
金陵码头，观世音的微笑背后
是见血封喉的利剑，是雨一样的矢石

你只有一副柔肠，曲曲折折流一江春水
读你诗词的时候，我谅解了你
当皇帝只是你的业余爱好

## 西楚霸王

在你举剑自刎的瞬间
我带着无数的乡亲，用方言大喊一声——
西楚霸王！你能住手吗

力拔山峦，气吞云天，我永远拥你为王
有你的怒吼，你的恸哭，历史悲壮
而不寂寞，山河沦陷而不荒芜

钢筋铁骨的背后，是一副儿女柔肠
自你痛别虞美人，古今多少长亭短亭
阳关古道，江南垂柳，都是一曲伤别离

一生只败过一次，一次就败了一生
败在一杯酒里。你不怕火烧连营
可将火藏在比水还冰凉的液体里，你便醉了

你选择乌江葬你乌蒙山一样伟岸的身躯
你选择女人为生命最后驿站

你是在告诉我，世界上最坚固的是水，是女人


历史冠冕堂皇，让地痞流氓穿上龙袍

一个亭长，流着口水的小小哈欠

竟能卷走你的铜墙铁壁


司马迁洞若观火，明察秋毫

他历尽千辛万苦，忍着奇耻大辱

在竹简上一寸一寸地为你收复失地

# 苍龙岭

走到苍龙岭，我已经对华山
感到畏惧了。我怀疑我将成为无数个
登不到华山顶的人。在我抬头
望着顶峰长吁短叹时，有人从苍龙岭
往山下走。我不知道这些登上去的人
已经获得了什么。表面看
每个人都是一脸的劳顿和匆忙
他们的内心未必取到的都是蓝天色彩
但我仍希望他们用一句谎言
给我鼓励。或者告诉我，他们拿到的是
白色药布，已经贴在曾经失败的疤痕上
看来，下山的人大多都已累到极限
经过我，很少有人侧身给我让路
我每走不到十个台阶，就得避避
那些成功归来者，或许，他们是在
苍龙岭眺望到了新的未来急着下山
我一生都是在这样的交错中

仰望高峰，并不断解决着自己的迟疑

# 擦耳崖

在擦耳崖，我至少站立了十分钟
我不是累了，也不是在等谁
我在等一个时刻，没有游人
只有我和擦耳崖。或者有游人
但他们像我一样不说话
擦耳崖上遍布石刻
我相信这是擦耳崖独立天地时
说给岁月听的话。我第一次来华山
擦耳崖就向我俯过身来
贴着我的耳朵。它想说什么呢
一个匆匆过客，有怎样的觉悟
才能听见一块石头的秘密

# 在绝壁

华山手册上写着，这是从未有人
能上去的绝壁
鸟儿凭着翅膀，却在绝壁上安置着
一家老小。千山无人迹
鸟雀飞不绝。在这里
与鸟儿相比的还有群草
它们在平常中，获取了怎样
生存的钙质。万物叹绝壁
草芥无烦忧。携走世间嘈杂的闲云
侧身给攀登绝壁的人让路
我和我一起，站在绝壁前
向下寻找熟悉的地平线，为了
高处的沉默，我已临风赶路二十年

# 血　疑

五年前，我献过血，B型

300毫升。透明的针头扎进青灰的

血管，流出鲜红的血

寒风中，我的血在一个塑料袋

作短暂停留后，被陌生人带走了

五年来，只要一看见红色

我就想，我的血去了哪里

它在冷冻后被谁温暖

它曾是我身体的一部分

可它要进入另一个身体

是天使还是魔鬼，都不需要我

准许，甚至不需要我知道

前几天，单位老余做胃切除

输了很多血，B型

多少年了，这个两面三刀的大块头

搞了我无数小动作

我已无力恨了，但我牢记着

明亮的世界里，他永远是一个黑暗的人

我的血，是否流进他扭曲的血管

如果他流着我的血

仍然在背后捅我的刀子

我要不要给他一刀

我担心我失散多年的血

会从他的血管里

喷我一脸

# 珠穆朗玛

医生说

我已经永远无法

登上珠穆朗玛

我的身体只允许我

在五千米的营地

看一眼珠穆朗玛

然后歇口气

再看一眼珠穆朗玛

接下来我要走的

都是下坡路

我已渐渐驼背

我越来越沉重的头

正一寸一寸靠近大地

而珠穆朗玛

还未停止向着天空上升

我在人世才走过四十一个春秋

而珠穆朗玛

已穿越千百万年的风霜

# 三　月

树开始了向天空的奔跑

燕子在似曾相识中

听见一个老人唱起儿歌

冰在消融，沉默的河流找到

丢失的乐谱。石头的脸湿润

冬天长在大地的雀斑渐渐消退

趁露水未干，看我一眼吧

你会发现卑微里的美好

这是一棵小草在清晨

对我说的第一句话

我有一些激动，很多遗忘的词

回到诗中。很多远方的事物

又在眼前闪耀

林中的小路默念着

很久没来散步的人

我想起我长眠在大地的母亲

会不会随一缕清风醒来

她一生似乎错过了所有的春光

那么多的煎熬和牵挂

在三月都成为喜悦和幸福

而我知道这一切很快就会过去

三月都是短暂的，漫长的

是四月，是清明细雨中

那些像我一样在旷野

泪流满面的人

# 阴　影

下午四点，太阳走过索菲亚教堂

塔顶。一道阴影正好落在

我满是尘埃的身上

我顿时感到清凉，停下脚步

迷茫的眼睛，被阴影点亮

我看见一群鸽子无声地在教堂上盘旋

燥热烦闷的内心，渐渐平静

我决定不去我必须五点前赶到的地方

我在教堂前的台阶坐着

等阴影在鸽翅下长大，弥漫

整座城市的夜色，从这阴影中降临

在这样的夜色里，黑暗的人

或许能看见光明，失眠的人

或许能熟睡在蓝色的梦里

不安的灵魂，或许在宁静中

露出星星一样遥远而亲切的微笑

# 晨光中的柿子树

一夜风吹。落叶引领萧瑟的草木

唱起季节的挽歌

你挂起灯笼，点燃晨光

你要让从黑夜里醒来的人

不再忧心鬓角的霜降

不再在迷雾中传播太阳失明的谣言

树木中的但丁，在大地的炼狱

经历了怎样的漫游

才从坚硬的黑暗里榨出柔软的阳光

站在你面前，我像一个倾听的天才

透过你的枝桠，听见在晨光中睡去的

众神沉默的密语

# 抽烟的人走了

抽烟的人走了

烟灰缸里的两只烟头面对面坐着

一只在闪烁其词地说一些悔恨的话

一只在渐渐冷却的灰烬里叹息

烟灰缸像一个被收买的证人

对谁都是沉默

# 呼伦贝尔

一个饱经沧桑的人

在黄昏的呼伦贝尔

被草深深打动

这些弱不禁风的草

这些见了羊就低头的草

这些一辈子离不开泥土的草

这些像我的乡亲一样卑微的草

手挽着手

竟然跟着太阳走到了天边

# 椅　子

这把椅子跟我已相识十年了

我一直把它放在书房

我在家的日子就是和它一起度过的

读书写作想一些我能想到的事情

十年间无论我内心多么激烈

椅子都一声不吭

也许它的幸福就是有人坐着

空着是椅子最大的痛苦

我常常用这样的想法

减轻我越来越重的身躯

给椅子的压力

12月22日晚我像往常样喝了两杯小酒

坐到椅子上突然听到椅子发出了声音

像一个患感冒的老人的一声咳嗽

我摸了摸椅子的手

有点冰凉有点瘦

我在十年里第二次发现这把椅子是木头的

我闻到了十年前我第一次见到它的味道

这味道提醒我椅子从未

停止过对树的怀念

今天椅子终于将怀念说了出来

让我听着感动甚至有些愧疚

我该去那片树林走走

那是我初恋常去的地方

从小鸟给即将成为椅子的树的祝福

我知道我该珍惜什么

# 多 少

有多少钉子
没有在木头里感受过
一枚钉子的锋利和坚硬
就已生锈

有多少苹果
变成果酱
才在一张旧餐桌上
见到那个从枝叶深处
小心翼翼把它摘下来的人

有多少未睡过的睡眠里
有我们最想梦着的人
等着我们去梦

有多少没留下笔迹
就已憔悴的纸
还在朝思暮想一个诗人

暴风骤雨一样的灵感

有多少未点燃的灯里
还有照亮我们灵魂暗夜的
七彩光芒

有多少灯火通明的身体
内心的黑暗
像一瓶冬天的墨水

有多少人的死去
比活着
更让我们感到生命的永恒

# 标点符号

一个人死了

那么多花圈为他画句号

那么多人在一二三的口令下为他鞠躬

每一次鞠躬都是个问号

看到这个一生都像分号一样点头哈腰的人

躺在玻璃棺里

比破折号还直

就有人哭了一滴滴省略号

把心里要说的话在脸上说了

把说给死人听的话说给活人听了

我忍不住左眼挤出一滴

右眼挤出一滴

落在胸前的白纸花上

像小学一年级的孩子写的冒号

即将接替死者生前位置的人在致悼词

每一句让人听着像打了引号

向遗体告别

每一个人在玻璃棺前驻足

一个逗号或一个顿号的时间

一个人一生要八面玲珑多不容易

最后也只是一抹烟尘

从殡仪馆回来的路上

我的心里写着惊叹号

# 画　窗

一幅画让我的窗子只向过去打开

忆念的阳光，从画的云层中穿过

照亮眼前正在蔓延的灰暗

世界在轰鸣，霜雪降临

谁还在为我内心的壁炉

添加最后的劈柴

送我画的人，在沙漠深处找水

我只能在梦中打探他的消息

鹰在盘旋，我忧心他不再仰望碧空

废弃的航线上，谁看见翅膀

时光没有尽头，转身或者停止

也许就是抵达。就像此刻的我

让整个下午停留在这幅画中

# 在深夜谈一条河的治理

是从十二点开始的

在此之前我们一直在喝酒

在谈论女人和发牢骚

有关上游的事情因为神秘

我们知道的不多

刚喝完一杯就到中游了

这里的树砍得精光

水土流失严重

清水成黄水黄水成黑水

鱼不到一岁

就出现第二性征

一阵叹息之后

我们一致认为

从长计议要大量栽树

但眼前的首要任务

是要加紧对草的培养

紧接着就培养草的问题

我们争论不休

直到东方既白

我们才带着各自的观点

到了下游

到了入口海

这是我们发现

被污染的不仅仅是

我们谈论的

一条河流

# 动物园

我看见老虎，他像我蹲了多年监狱的朋友

走近他，看见两颗大虎牙我才认出他

嘴还是那么大，但吼叫已没有回声

我看见熊猫，他是从线装书中出来散步的大师

我一直渴望见到他

他孤独的思考让他身体笨拙

他彻夜的痛苦让他的眼圈永远黑着

我看见孔雀她还是那么骄傲

像我刚进城时见到的市长的女儿

依然美丽中隐约可见一丝岁月的沧桑

我看见野猪很瘦不停地吵闹

很明显他不适应城市生活

和他只剩下骨头的胖兄弟比起来他是幸运的

我看见猴子，他是我在城里的远房亲戚

他对我笑了笑，像儿时一样蹦蹦跳跳

我跟他比赛吃玉米棒子

他还是丢三拉四，撒在地上的比吃进嘴里的多

他还是只顽猴而我

除了名字一切都已改变

我看见蛇，我看见蛇，蛇是我的属相

但我怕蛇正像我怕一声不吭的人

我在梦中被蛇咬死过很多回

我经过他时脚步很轻

我看见狐狸他那张尖嘴

多像出卖我的同事

我很同情他那条祖传的尾巴

注定了他悲凉的结局

我看见豹是只雄豹

穿着很雌性的衣服

他是我理想中美男子

高傲中带一点冷漠和忧郁

从里尔克开始豹经历一百多年才培养出这样的气质

我看见羊来自澳大利亚

他一直低着头像我第一次约会的初恋情人

羞涩这种几千年的传统美德已在城里日渐消失

这只羊让我感动，我抚摸他

像抚摸初恋情人从千里外寄来的手织的毛衣

# 恍　惚

出门忘了关门

到站没有下车

一把钥匙找了半天在裤带上挂着

在一个人的背影里喊另一个人的名字

给家打电话打给了陌生人

乘电梯到十楼在八楼就下了

站在六楼的阳台上

不相信跳下去会粉身碎骨

弯腰系鞋带感觉大地在旋转

脚尖够不着底才知道自己会游泳

还没碰杯就看到桌上的人迷迷糊糊

面条吃完了才让服务员拿胡椒粉

打麻将弄不懂小鸡就是一条

下象棋让大象轻轻松松就过了河

被老女人多看了一眼突然脸红

在假想的艳遇里看老婆不顺眼

自己写过的字查完字典才认识

一本书读完了才发现这本书前不久刚读过

翻一本诗刊时将作者的名字辨认了三遍

才敢断定这些诗不是我写的

写这首诗我问自己为什么如此恍惚

# 生日礼物

我决定给自己起个笔名
作为我五十岁的生日礼物
半个世纪过去了，我的名字
终于忍受不了他的孤单

我还剩下多少简历要写
从此后，我的名字将和我的笔名
在我越来越短的简历中
嘘寒问暖，相依为命

让我的名字承担愧疚，痛恨和忏悔
我的笔名满载信心，希望和安宁
再过五十年，他们将一起刻在一块石头上
为我竖起抵达另一个世界的界碑

# 空中草原

草原在空中
我站在草原之上
十亿棵草顺着风吹的方向
向我弯腰

这是我的草原
我离说出这句只有帝王
才能说出的话
仅有一座雪山的距离

# 月　光

梦中，黑暗的豹子在悬崖上
追赶着我。我撕裂喉咙
没人听见我的呼喊

豹子张开大嘴，剑齿闪着寒光
在我就要永远闭上眼睛的瞬间
我醒了，毛发悚然，一身冷汗

我看见一片意外的亮光覆盖着我
我想不起来我是怎样睡着的
在日常生活中，我心细如发

怎么忘了关灯，房间如此明亮
我却被黑暗惊醒，揉揉眼睛
我看见吸顶灯和墙壁灯

睡意正浓，没有一丝醒来的气息
是月光，难道是月光
我静寂的房间才在午夜如此明亮

多少年了，我埋头赶路
只是为了灯光把我照亮
我记忆中的月亮，永远在天空

蓝色的磨刀石上磨着收割的镰刀

窗帘，是风吹开，还是忘了拉上

这个问题，可以想，也可以不想

我关心的是，我无数次背对月光

当我面对月光，月光是否像我记恨

一个离我远去的人一样记恨我

## 隐秘的忧伤

大街上，一个走在时间前面的人
在梦中总是赶不上最后一班地铁

柳树下，一个不再编柳条筐的人
沉陷在他编第一个柳条筐的那个下午无法抽身

退潮了，夕阳里的礁石庆幸自己摆脱大海的束缚
看见星月，又渴望被浪花簇拥淹没

| 第二辑 | 在水果街碰见一群苹果

# 分　离

酒瓶睡了

桌上只剩下我和骨头

我听见被锋牙利齿咬过的骨头

张开伤口说话

它没有恨我，它向我问好

它劝我出门在外要少喝酒

夜深了，别凉着胃

别在路灯下看自己的影子

它怀念起和肉相依为命的日子

那多么幸福，虽然是在乡下

虽然只是在一只瓦罐里相遇

它是什么时候学会普通话的

但我依然从它的卷舌音里听出乡音

是我和几个乡亲的聚会

让它骨肉分离

现在，乡亲们走了

也许永远不再回来

我们谁是骨头，谁是肉

我们在岁月的噬咬下

骨肉分离后，有谁能留下来

听听我的骨头用方言拉几句家常

# 异乡的老鼠

谢谢你常来看我

夜深了并下着雨
你是怎么找到我的
在这座陌生的城市

我是个很随意的人
没请你就坐你不要委屈
你就靠在墙角站着

这座城市很卫生
走在大街我常找不到厕所
你和我一样
活着很不容易
可你能否告诉我
为何我们宁在这餐风饮雨
也不肯回到坡上的土屋

大街五彩缤纷

只有我们还穿着一身灰衣

今天是星期天

我吃了一天方便面

你要是饿了

就啃我还未封口的家书

那里有半碟老家的泡菜

和一缕稻香

# 富人小区的一次意外

突然的黑暗让人说话
让早应熟悉但直到
黑暗降临前还陌路的人
从各自的房间走出来
聚在楼下的草地上

没有一个窗口亮起蜡烛
停电的房间
没有人愿意多待一分钟
面容慈爱或狡黠
来不及辨清
从普通话的缝隙中
泄漏的的几滴方言
是黑暗中相互交换的名片

谁也不是这座城市亲生的
一切就因为工业的父亲
让那么多人爱上城市

这个喜怒无常的继母

孩子抬头的那一刻

星星激动了

这时草地上的每一人都发现

楼上楼下左右隔壁

都住着结构相似的一家人

黑暗帮每个人找到

自己的邻居

# 倾 听

这么多的果实

是怎样在大地的黑暗里

找到树根

然后沿着树根

爬上树干

最后灯笼一样挂在枝头

在果园

我听不见果农的欢声笑语

只听到果实从冬天出发

经过春夏赶往秋天

奔跑的脚步声

# 在水果街碰见一群苹果

它们肯定不是一棵树上的

但它们都是苹果

这足够使它们团结

身子挨着身子　相互取暖　相互芬芳

它们不像榴莲　自己臭不可闻

还长出一身恶刺　防着别人

我老远就看见它们在微笑

等我走近　它们的脸都红了

是乡下少女那种低头的红

不像水蜜桃　红得轻佻

不像草莓　红得有一股子腥气

它们是最干净最健康的水果

它们是善良的水果

它们当中最优秀的总是站在最显眼的地方

接受城市的挑选

它们是苹果中的幸运者骄傲者

有多少苹果一生不曾进城

快过年了，我从它们中挑几个最想家的

带回老家，让它们去看看

大雪纷飞中白发苍苍的爹娘

# 有人在楼上喊我

这是在黄昏，视力好的

人能看到星星灰蒙蒙

闪烁，我听见有人

用汉语拼音从楼上向下

喊我，这楼很高，报纸上说

有五十五层，平常路过这里

我都不会抬头，在这座天空

很低的城市，我已有三年

没带着遐想仰望过什么

我不相信有人高高在上时

会纯粹地想到我，会用很大的

声音，让更多的人知道我是谁

我短浅的目光一寸一寸

爬向楼顶，有人在某个窗口

向我招手，我差点将他的面容

看清，就一脚踩空

# 再数一遍

回到故乡

我突然发现

那么多星星

那么多我三十年前

数错的星星

一直等着在城里埋头干活的我

抬起头来

把它们再数一遍

# 我拿着一把镰刀走进工地

秋天了，金黄的谷物

像一个掌握了真理的思想者

向大地低下感恩的头颅

我拿着一把沉默的镰刀走进轰鸣的工地

这把在老槐树下的磨刀石上

磨得闪闪发光的镰刀

这把温暖和照亮故乡漫长冬夜的镰刀

一到工地就水土不服，就东张西望

一脸的迷茫，比我还无所适从

我按传统的姿势弯下腰，以《牧羊曲》的

节奏优美地挥舞镰刀

但镰刀找不到等待它收割的谷物

钢筋水泥之下，是镰刀无比熟悉的土地

从此后只能是咫尺天涯

镰刀在工地上，是一个领不到救济金的

失业者，是工业巨手上的第六个指头

但我不会扔掉它

它在风雨中的斑斑锈迹

是它把一个异乡人的思念写在脸上

是它在时刻提醒我，看见了它

就看见了那片黄土地

# 苦楝树

当年他栽下这棵苦楝树

是因为没有其他的树苗

是因为老家屋后的黄土只够苦楝树活命


多少年过去了，苦楝树只在他的想念中生长

花开的季节，雨水在枝头点燃紫色的火焰

这灼人的忧郁让它的果实无人采摘


喜鹊在椿树上筑巢，乌鸦在乌桕树上安家

苦楝树的枝桠间，只有麻雀玩着跳房子游戏

它接受谁的指令，每片叶子都在冰雪来临前覆盖大地


它是在为栽下它的人生长吗

他再次见到它时，这棵苦楝树

已长成故乡的消息树


看见了它，故乡就近在眼前

在苦楝树下，想起自己三十年风尘仆仆

两手空空仍在赶路，他后悔了


如果像这棵苦楝树一样哪里也不去

该有多好。他这样的感叹

让暮色中的炊烟在苦楝树梢迟迟不肯飘散

# 悲悯让我不知所措

天黑了，零下了，他睡着了
在马路边，在贴有寻人启事的
围墙脚下。头枕着一张旧报纸
报纸上说全球变暖
南极冰雪加快融化
报纸下是一块砖，或者石头
胸口和腹部的两片枯叶
是风吹帮他盖上的
我要叫醒他
半小时，或一个小时后
他或许就永远无法醒来
我不能叫醒他。此时
他也许正在做梦，梦见自己
躺在老家的火炕上
盖着母亲的新棉被
也许，现在是他整个冬天
唯一感到温暖的时刻
叫，还是不叫

悲悯让我不知所措

让我回家的路

在黑暗中渐渐漫长

# 滕王阁

车过滕王阁，我叫司机停车

司机说，如果上滕王阁

你们就没时间购物了

你们就赶不上火车了

于是大家都说，那就不上了

导游也说，滕王阁名气大

真上去了也没什么好看的

我还是上去了，独自一人

王勃在《滕王阁序》里等我一千多年了

站在楼上，我相信了导游的话

高楼挡住落霞，飞机赶走孤鹜

那秋水里飘荡着塑料袋

那长天中弥漫着黄沙尘

王勃老哥，再见，我来迟了

我一脸落寞两手空空回到车上

团友们欢声笑语

从特产超市满载而归

# 玻璃清洁工

比一只蜘蛛小

比一只蚊子大

我只能把他们看成是苍蝇

吸附在摩天大楼上

玻璃的光亮

映衬着他们的黑暗

更准确的说法是

他们的黑暗使玻璃明亮

我不会担心他们会掉下来

绑着他们的绳索

不会轻易让他们逃脱

在上下班的路上

我看见他们

只反反复复有一个疑问

最底层的生活

怎么要到那么高的地方

才能挣回

# 土　地

土地让我一生劳累

土地在我脊背快伸不直时

长出高高的高粱

我在即将诅咒时唱起了颂歌

土地是我厮守了一辈子的婆娘

说不出爱但无法割舍

土地用一棵树牵挂我活着就要扎根

土地用一根草抚慰我再卑微

也要抬头看天笑对风云

爱恨交加的土地让我受苦受难的土地

当岁月遗弃我时

土地最终将我收留

让我的骨头点亮磷火

这就是一个乡下人

一生的光芒

# 无所适从

菜市场在马路对面

我每天必须横穿马路

才能吃上貌似新鲜的蔬菜

马路上车流奔涌

我必须避让着车

必须在人修的路上避让人造的车

尽管如此车还是对我大喊小叫

好像我是一只过街的乡下老鼠

我是一个多么平心静气的人

但仍然在一些最平常的事情上

无所适从

# 老　钟

兄弟几个，谁还能记得老钟

在故乡堂屋的米柜上高悬着

多么像帝王。谁算过老钟已有几年

没说过话?像被推翻的王朝

土语憋闷在心中，情感爬满了

它苍老的红木框架

老钟夜半的叹息里

有多少期盼已化为炊烟

每天清晨准时冲出青瓦

新鲜而匆忙。老钟曾经声音洪亮

村前后舍都能听见，日月星辰

和龙井村每天都在它的摆动

旋转中做梦，幻想甚至忧虑

门前的草儿醉在恋爱中那是哪一年

冲动很快得到了老钟的传统控制

观念质朴而接近于真理

恰好促使全村的牲畜健康生长

稻谷迅速成熟起来。老钟老了

在火车经过村庄时，它甚至分辨不出

下来的人群里谁携带它的叮嘱回乡

谁是它家的后代?它曾幻想

花园接住落日的傍晚今天已经实现

老钟继续老去，似乎在接近文物

它曾幻想大米飞过高空

畅游大海的未来，此时正在路上

| 第三辑 | 在邮局填汇款单

# 修 坟

母亲，儿子给你盖房子来了

儿子要让你在大地上住不漏雨的房子

住北风吹不掉屋顶的房子

你一生有关节炎

儿子不能让你只剩下骨头还患风湿

你一生在为怎样挨过冬天夜不能寐

儿子不能让你一生最后一觉焐不热被子

你坟前的槐树在不停摇头

母亲，你是不是认不出儿子

儿子有三年没回家看你

你说起风了眼睛有些迷糊

即使一百年不见母亲

都会在陌生的人群中一眼瞅出自己的儿子

母亲，你住上好房子后

会不会像你在城里住的那几天

天一黑就找不到你儿子的家门

你说城里的灯比天上的星星还多

不像乡下认准一盏灯就能回家

有一间好房子住在乡下

你就那儿也不去了

母亲，你一生第二次出远门就到了天堂

你什么时候回来，母亲

儿子给你盖了能住一万年的房子

我看到磷火了

这是不是你提着灯走在回家的路上

母亲

# 母亲活着

闭上眼睛就看见母亲在风中等我回家

肚子饿了就听见母亲叫我吃油盐饭

母亲活着活在泥土之中

活着的母亲用墓碑抚摸我冰凉的脸

用旷野的风吹动坟头的青草

为我擦干浑浊的泪滴

母亲让我的膝盖渗出血迹

告诉我还有很多路要走很长的日子要过

跪得太久往后怎能伸得直腰杆

敲打墓地不是敲打盼归的门环

儿呀你不要太用力

用血汗养大六个儿女的母亲呵

一生不吃鱼肉的母亲

每到清明节就会愁容满面

买什么样的锅碗瓢盆

穿什么样的衣服鞋袜

能花完这一堆一堆的纸钱

## 母亲不知道自己死了——母亲三周年祭

母亲不知道自己死了

死了的母亲比活着更牵挂我

刚入秋就让我记着穿她亲手缝制的棉袄

刚天黑就在我耳边唠叨吃饱了不想家

死了的母亲比活着走得远千万倍

我到了异国他乡

母亲都能走着田埂一样的小路找到我

都能在我梦的古树下坐着

陪我到天亮

死了的母亲比活着更让我崇敬

活着的母亲不识字

死了的母亲能在纸钱一样燃烧的诗集中

读懂我的每一首诗

母亲不知道自己死了

母亲不相信自己会死

一辈子没离开过乡村的母亲

不知道自己已死了三年的母亲

在活着的时候说

只要儿女们好好活着

她的死就是换个地方再活一生

# 葬我的母亲在山坡上

葬我的母亲在山坡上

不要太高，太高了

云雾缭绕，一年中有许多日子

母亲晒不着太阳

也不要太低，太低了

逢年过节，母亲踮起脚尖

看不见我回家乡


葬我的母亲在泥土上

不要太深，太深了

坟墓就是一座山，我不能让母亲

只剩骨头，还背着一座山

也不要太浅，太浅了

母亲会把风雨听成我在哭泣

母亲刚睡着，让她梦见杜鹃花香


葬我的母亲在心坎上

不要太重，太重了

母亲会埋怨日子漫长

要留一双轻便的腿脚赶路

也不要太轻，太轻了

我漂泊的灵魂找不到扎根的土壤

我暗夜的眼睛看不见家园的星光

# 在雨中送母亲上山

## 1

我在你的病床前答应过你

母亲，送你上山的那天，我不哭

家门口的倒水河哭，我也不哭

磨房里百年的老石磨哭，我也不哭

灶台上的盐罐哭，我也不哭


不怕地动山摇，不怕洪水滔天

你一辈子最害怕的，就是我哭

在摇篮没奶水，你怕我饿得哭

刮白毛风穿破裆裤，你怕我冻得哭

和张家恶少打架，你怕我疼得哭

不让我在有水鬼的池塘玩水，你怕我气得哭

黄昏路过一片坟地，你怕我惊吓得哭

最简单的试题写错答案，你怕我伤心得哭

一个人的中秋节，你怕我想吃高粱汤圆想得哭

是父亲哭，我才开始哭的
是婶娘媳妇们哭，我才开始哭的
是兄弟姐妹哭，我才开始哭的
是我的女儿哭，我才开始哭的
是天下雨了，母亲，我才开始哭的


母亲，乌云在槐树梢为你缠上黑纱
母亲，树叶在大地上为你铺开挽联
母亲，鸦鹊在屋顶上为你唱起哀歌
母亲，我不能不背弃我的承诺
母亲，我哭了


2


母亲，你千疮百孔的胃
即使塞满打火石也不再疼了
母亲，从此以后阴雨连三月
你的关节炎也不会复发了
母亲，今年冬天的水缸冻破了
你的手脚也不会生冻疮了

你高了半辈子的血压在半夜里降下来了

你弯了一辈子的腰现在挺直了

你不再为柴米油盐前思后想

你不再为家长里短左顾右盼


你用瞬间的死化解漫长的疼痛

你用安详的死降伏凶煞的病魔

你用睡着一样的死让自己死一样睡着

从此，我能叫醒墓碑也叫不醒你

从此，我能叫醒大山也叫不醒你


## 3


母亲，在你的棺木前点着两盏油灯

这两盏油灯要照你三天三夜

这祖传的油灯是让你闭上眼睛

也能看见人世间的光亮

你走夜路从山上下来能找到家门

我在梦中能听到你敲打门环

母亲，油灯下的母亲

是在纳千层鞋底的母亲

是在缝补浆洗的母亲

是在纺线织布的母亲

是在教妹妹绣红梅花的母亲

是在为走远路的父亲准备干粮的母亲

是在为上早学的我炒油盐饭的母亲


油灯延长了母亲的白天

油灯熬干了母亲的生命

油灯下的母亲一脸慈祥

油灯下的母亲满眼期盼


4


母亲，我把你的棺木漆成大红色

棺木上盖着亲朋送给你毛毯

毛毯上开着大红大红的花

穿了一辈子粗黑棉布衣的母亲

住了一辈子土墙黑瓦房的母亲

一辈子贫血的母亲

从今天起，我让红色时时刻刻陪着你

让你的世界从此充满

新娘出嫁时盖头纱巾的颜色

过年时家家户户春联的颜色

燕子飞来时山坡上杜鹃开花的颜色

秋风吹过后枣树上蜜枣的颜色


母亲，当这么多红色映红你的脸时

你在哪里对镜梳妆

你在哪里低头微笑


## 5


从老屋到墓地，只有一里路

但我选了一条六里长的路

我要抬着你绕村一周

我要你再去一次你常去的地方


你的追悼会在老枫树下开

全村男女老少都来送你远行

在这棵树下，母亲

你拄着拐杖最后一次迎接我回家的

那个黄昏，大雪覆盖了你的双脚


碾子岗的菜园，你栽种的韭菜

从此是我割不断的一行行思念

刀背岭的麦地，你在太阳下割麦

已成一尊悯农的雕像矗立在我心中

你割麦的镰刀，我将用来割菖蒲和艾蒿

保护你不被游神野鬼欺负

放牛山下的村小学，不识字的你

用放牛的鞭子追赶我上学

我在前面跑，你在后我身后泪流满面


母亲，你不要嫌路远

我和哥哥，还有你最壮实的侄儿们抬着你走

走到天边你也不用挪动脚步

母亲，你不要怕天黑

唢呐、锣鼓、鞭炮、乡村最响亮的声音

都在为你的一路平安祈祷


母亲，你千万别责怪老天

在你最后一次出门下起大雨
这一路的泥泞，牵扯着我的双脚
让我走慢些，再慢些
让我在这条路上留下最深的脚印
让我多陪伴你一会儿


6


母亲，你上山了
你曾在春天的山上抽茅针
你曾在夏天的山上采艾叶
你曾在秋天的山上打松果
你曾在冬天的山上拾木柴
你熟悉山上的每一道沟坎
你认识山上的每一块石头
而今天，母亲，你就住这儿了
这山，比我在城里住的楼房高
但你不会眩晕
不用忧心从六楼的阳台上掉下来


母亲，你上山了

你上山后，山上就多了一座山

我在这座山前跪下

我在这座山前给你磕头

我一辈子比水还低的母亲

因为这座山站到了高处

我一辈子像草一样卑微的母亲

在这座山上伟大


## 7


母亲，在送你上山的路上

雨没停止过下，我没停止过哭

我就是因为答应过你不哭

才哭得伤心欲绝的

我的泪流了六里路长

我把今生剩下的泪水都哭干


母亲，我是趁你睡着了才哭的

你即使被我哭醒了

你也不知道我在哭

雨一直在下

雨水湿透我全身

雨水掩盖了我所有的泪水

# 九月叙事曲

九月的第一天，我在哭声里遇见世界

这无法选择的哭声让九月

成了我一生中泪水最多的月份

八月有三十一天，我仍然和八月擦肩而过

八月的最后一天为我的到来做了怎样的挣扎

这漫长的一天没能在命运的暗夜

点亮岁月的灯盏


九月的一个傍晚，我骑在牛背上

在最后一缕夕阳消逝在炊烟的瞬间

我从广播里听见毛主席逝世了，在课本的第一页

毛主席永远红光满面，对着孩子们微笑

我哭了，是母亲和外婆一起哭我才哭的

那夜的月亮在乌云里失明

第二天早晨的太阳只有十五瓦的亮光


正午的四等小站，我挤上梦想的火车

妻子撑着雨伞站在站台

车窗玻璃上的雨水是我愧疚的眼泪在流淌

我在九月下海了，我的孤独

从此成了岛屿的孤独

海水包围着我，我听到的波浪

都是一个异乡人梦醒时分的呜咽


世贸大厦着火时，我刚洗完冷水澡

女儿写完作业，打开凤凰卫视大喊了一声

她害怕了，让我陪着她看电视直播

这是我女儿第一次看见钢铁的美国在流泪

在女儿的印象里，美国总是笑容满面

两架美国自己制造的飞机让九月的墨水

在报纸的头条用最大的字体为美国哭泣


黑白电影里，九月的黄河和长江是用来哭泣的

硝烟远去了，但钟声不会沉寂

九月十八日的南京，我看见的每一人

都是悲伤的，每一块石头都浸泡着血泪

三十万人的骨头面前，一群红领巾在宣誓

几个日本老人，他们的白发和忏悔让我感动

翻译告诉我，他们来自广岛和长崎

母亲在九月上山了，草一样卑微的

母亲，在九月站到了高处

我哭干了今生剩下的全部泪水

我从此看到的每一座山都像坟茔

我在九月出生，母亲在九月死去

里尔克在秋日里说，谁此时孤独就永远孤独

我在内心默祷，九月上山的母亲四季平安

# 金黄的种子里有黄金

金黄的种子里有黄金

这是不识字的母亲

送我去上学时说出的一句话


母亲一生没见过黄金

母亲一生只为了金黄

金黄的稻谷、麦子和玉米

母亲用金黄养活她六个儿女


母亲的六个儿女

都见到黄金时

母亲已见不到她的六个儿女


母亲手巧，她绣的梅花

是方圆十里最好看的

但我不相信母亲能说出

金黄的种子里有黄金这样话

可在我读过的万卷书里

至今没有找到

母亲一生说得最多的一句话的出处

# 在邮局填汇款单

写湖北省时，字迹可以潦草

写到红安县三个字，偶尔

还有一两划连笔

写到新建乡龙井冲村

我一笔一划，像小学生

在写生字作业。写到李家塆时

我的手，有点轻轻地颤抖

我担心在李字的头顶多写了一撇

担心家字写得模糊

我曾将李家塆的塆写成

港湾的湾，台湾的湾

结果汇款到父亲手里

比平常晚了二十四天

在收款人的栏目里

我近百次写下"卢恩洪"

母亲上天后，这个名字

就是我在人世间最珍惜的名字

父亲已经七十岁了

他只愿意待在老家

我希望他还能给我无数次

在汇款单上写他名字的机会

填好汇款单后，我反反复复

校对三遍，比校对自己的诗集还细心

一字不差，一点不错

我才拨打父亲的电话

告诉父亲我给他寄钱了

并叫他想吃想穿什么就买什么

没事就摸几圈五毛钱的小麻将

在牌桌上多说说话

即使输了，也千万不要把钱

放到那个祖传的木匣子里

# 父亲的火车

父亲七十岁了，一个人

住在乡下。每次打电话

我都对父亲说，年岁大了

一个人孤单，到城里住热闹

父亲说，乡下通火车了

每晚都有火车从村头路过

清明节，我回老家给母亲修坟

陪父亲住了一夜

在细雨中听父亲讲村里的

婚丧嫁娶，生老病死

过十二点了，父亲说

火车快要来了，不到五分钟

我就听见火车的的汽笛

翻山越岭，抵达泡桐树掩遮的村庄

父亲说，今夜的汽笛

好像比往常拉得长

父亲说这句话时

语调低沉，语速缓慢

脸上的表情是要挽留住什么

十五瓦的灯光把父亲的背影

印在斑驳的墙上。窗外，雨在淅沥

我眼睛湿润，从那长长的汽笛

听见火车在旷野的孤独

和火车远去后

村庄与父亲的孤单

# 听父亲在电话里说雪

家乡落雪了，落得很邪

整整十天没止住。一片比一片

落得大，一场比一场落得密

落第一场时，老老小小都欢喜

好多年没落雪了，瑞雪兆丰年

老人还是说这句老话，嘴笑得合不拢

小孩听说落雪，不赖床了

从村东蹦到村西，问大人哪天过年

这股劲头到了第三天，就不对劲了

再不止住，猪一年的膘会掉

牛春耕就出不了力，羊就只能吃哈欠

老人开始有脾气了，小孩没大人陪着

不敢出门。第四天，村村通才三个月的

村公路不通了。这时有人想起

火车会不会不通，在外打工的后生

赶不赶得上年饭。最着急的是三婶

扳着指头算儿子办喜事的日子

没有人想过飞机，一千多块钱谁舍得花

雪落到第五天，停电了

家家户户翻箱倒柜找空墨水瓶

做完油灯，用菜油点亮

第六天，自来水管放不出水

这日子还过不过，老天不让人活了

老奶奶从早到晚把这句话挂在嘴上

走夜路穿过坟地都不怕的五叔

望着天，脸上全是死色

这时上面来人了，先是镇上的

后是县里的，接着是穿制服的

他们送衣送粮，送蜡烛煤油，铲雪敲冰

一个一个电线杆检查线路

还有人拿着小喇叭讲话

是普通话，小学的张老师当翻译

村里人差不多都晓得全国好多地方

都在落雪，都成了灾，五十年一遇

从北京到地方，大小官都亲自

到了雪灾最前线。只三天工夫

村里的水电通了，路上可以走车

过好年问题不大。赶上好时候了

这么大的天灾，村里没有冻死人

人心也没有散。按俗话说

这是在落黑雪，但全村老幼

都感受到了温暖，都相信太阳肯定出来

父亲说到这里开始说他的身体

他说他身体很健，过了这场雪

活到八十应该有盼头

父亲七十岁了，第一次在电话里说到雪

也是第一次在电话里说这么多话

最后，父亲还是像往常一样说

在外头忙，好好工作，不要念着家里

现在日子好过，出什么事都有人管

听到这里，我总是在欣慰中

感到深深的愧疚

# 父亲的孤独

一夜风吹，院子里

落满泡桐树叶

我不知道父亲是什么时候起床的

我看见父亲时，他已经将院子里

所有的泡桐树叶

围拢到泡桐树的根脚处

初冬的故乡，风在池塘的水面

磨着刺骨的刀，用不了半天

这些树叶会再次撒满院子

第二天清晨，我看见父亲

在院子里将前一天的事情重复了一次

从父亲挥动扫帚的力量

我知道父亲希望那些树叶

围着泡桐树再紧一点

最好是风不再将那些树叶吹散

# 乡村画

牛在前

爷爷在后

爷爷的后面

是我骑着竹马

奔跑在夕阳里

三十年后

牛在前

父亲在后

父亲的后面

是我从未见过牛的女儿

女儿学着牛叫

喊着爷爷

从牛到牛

从爷爷到爷爷

我古老的乡村

有多少沧桑

# 在海边听到家乡大水

我带着女儿在海边散步

手机响了

是父亲打来的

这是父亲第一次打我的手机

父亲说家乡大水

有两个人被冲走

其中一个是我认识的

我不认识的是一个三岁男孩

上百间砖瓦房

乡亲们祖孙三代的积攒

转眼之间成为泡影

父亲呜咽声中的大水

沿倒水河到长江后

最多三天就会流入大海

大海多美呵

面对女儿的赞美

我像台风过后的老渔夫一样沉默

我要不要告诉女儿老家大水

我要不要对女儿说

海水的蓝色里

有多少人间的苦难

周末的晚报上

如果再有在海边

发现无名尸的消息

我一定要去辩认

看看是不是我的乡亲

| 第四辑 | 在戈壁

# 情人节的玫瑰

何处还有一个会爱的人
————里尔克

这是些悼亡的玫瑰

悲哀的玫瑰

随意开放的玫瑰

一夜狂欢的玫瑰

这是些爱情临终吐出的最后一口血

染红的玫瑰

这是些素不相识的玫瑰

在2月14日这天

来到十里长街

为爱情送行

……

# 理解一个比喻要多少年

理解一个比喻要多少年

要经历多少风雨，多少事

要遇见南来北往什么人

雪，像盐一样白

这是我小学二年级写下的

关于雪的比喻句。三十多年过去了

除了白，我没有在雪和盐之间

找到更紧密的联系

直到今年冬天，你离我而去

我陪你走过的沿河大道

被风的刀刃砍成伤口

这雪，才真的像盐一样白

让我在夜晚看见一座城市的

疼，痛。

# 流　水

我想起流水时，流水已去了戈壁和沙漠

为一棵焦虑的胡杨，流水让自己从人间蒸发

我不止一次在云的灰色背影里看见

流水欲言又止的嘴唇，和欲哭无泪的眼睛

我不去碰草尖上的露珠，我担心

它步流水的后尘，在盲目的泥土里

失去青春最后的湿润。我想起流水时

流水已在冰中睡眠。鱼醒着，穿着黑暗的铠甲

孤独的刀叉刺不中它隐秘的内心

我渴望我就是那条鱼，等流水醒来

给我带来沉船的消息，给岸边的柳树

在时间的流逝中，挽留昨日的倒影

流水的梦里，是否有大海嘶哑的涛声

我在三月的海边，看浪花围绕着礁石

点燃白色的火焰，打开心痛的折扇

# 遥　寄

那些在乌云中迷失的事物

那些在闪电中撕裂的事物

会随雨水回到你身边


那些谎言的浪花

在真理的礁石上破碎时

你会听到大海古老的歌声


星星醉了，月亮的银色酒壶里

还剩下最后一杯酒

我把它洒在大地上


你如果能早点醒来

一定会看见每一棵小草因担心露珠熄灭

在微风中忍住摇曳

# 在戈壁

在戈壁，我看见这么多石头

它们都是孤零零的

我想留下来，为它们建立联系

为它们找到失散的亲人

或者修一条路，让它们在路上手牵手

向天路尽头的太阳走去

盖一座房子，给骆驼住

这是我突发的意想，月黑的夜

有利于它们相拥着听驼铃入梦

风的哨音一阵阵响起

它们能否被集合起来，成为世界上

一支最有实力的群体。接下来

最好能由我来告诉这些

已经找到爱情的孤儿，春天正在路上

戈壁也是人间。到那时

情况就不一样了。你再来这里

我老了，戈壁也不叫戈壁了

但你应该还会叫出我的名字

# 岁末之诗

一年过去了

我依然贫穷

但这一年让我有了足够的耐心

只要我们能在一起

在我们变老之前

我们就会像燕子筑巢一样

住进四季如春的屋子

在这一年里

我找到了讨好时间的方法

我可以让它慢下来

让我们为一点芝麻小事

说一大箩筐话

让太阳听着不想下山

这一年我用了一整个秋天

去遗忘夏天的烦闷和狂躁

去清除欲望洪水留下的泥沙

去宽恕狂乱中踩伤我的人

冬天来了我们坐在炉边

能想起的都是幸福的时光

这一年啊我收集了

你后半生所有的泪水

这些泪水将在我的心里

酿成一瓶红墨水

我回用这瓶墨水

润色我写给你的每一首诗

让每一个字都面带微笑

让每一个词都闪闪发光

# 对一支蜡烛的愧疚

在清理书桌抽屉时，我看见
一支蜡烛。在灰尘的遮盖下
仍然闪着白色的光
无论我怎样回忆，我都无法知道
这蜡烛是从什么时候就在抽屉里
陪我读书，写作，关心我的冷暖
想那些已从我生活中消失的人
已经有很多年没停过电了
谁会在灯光下想起蜡烛
谁会在相伴时感到孤独
它渴望黑暗降临，渴望我
在寂寞时清理往事的抽屉
岁月的棋盘已进入残局
在时间的河边，对峙就是胜利
我仍能听见远处的召唤
但渐渐地，我已无力响应
在擦拭蜡烛身上的灰尘时
我隐约感觉到它冰凉的表情下

一颗温软的心仍在跳动

当打火机向它耳语

它只轻轻一个颤动就喜极而泣

我在它透明的泪里

感到从未有过的愧疚

# 沙　漠

终于等到你来了

这渴死的大地，这无边无际

眼泪流干的巨大驼队

从此有了蜂蜜一样的颜色

我是第一个在沙漠想到甜蜜的人

我相信，你的每个脚印下

都能找到水。你把你的胡桃木梳子

埋在低洼的地方，只需一缕春风

就能长出一片树林

星星在夜空开满鲜花

你拿出小圆镜，就是对着月亮梳妆

夜深了，星星怕你孤单

会摇响小铃铛。你唱的北方小调

我也会唱。用夜光杯喝酒

醉了也能找到回家的路

风刚好能吹动你月色的长裙

每一粒沙都顺从你的意想

欲动未动，欲说还休

我不再给钟表上发条了

你一定能收回你来世的承诺

# 青海湖

## 一

一湖静水。你的到来
让湖水掀起波澜。让睡梦中
蓝色的呼吸，在抵达湖岸时响起涛声
我默想起大海，想起从贝壳里
听到的传说。千万年前
大地在天空的诱惑里腹部隆起
天翻地覆，大海将自己最疼爱的孩子
生在高原。你让我相信这孩子
还没长大，还是我想象的样子

## 二

一湖净水。朝圣的人
把黄金沉入湖底
他们是尘世间最富有的人

他们把羊皮袄穿在身上，最好的布
都成了经幡。这是他们灵魂的衣衫
我，一个在低处生活的人
在这里听见经幡在风中的密语
你的沉默，像盐融进湖水
你的眼底，闪耀着霞光


三

青海湖的蓝，只和青海湖上天空的蓝
是孪生姐妹。青海湖的辽阔
只和青海湖边草原的辽阔
称兄道弟。我在这蓝里
像流出的泪水一样无法返回
我在这辽阔中，像一棵青草
被我爱着的羊吃进温暖的胃里
油菜花的宫殿，蜜蜂过着帝王的生活
我等着你从花香中醒来，对我微笑

## 四

鸟把家小安置在大地

但它们从未停止过云中的约会

远方的青草舞姿优美

却没有羊愿意离群索居

过客在湖边手舞足蹈，欢天喜地

厮守一生的牦牛，安静地吃完草后

正面朝青海湖打着哈欠

八千里路云和月。青海湖边的你

才是我余生要走的路程


## 五

青海湖流着大海的血液

青稞里藏着麦子的秘密

草原是平原千里的姻缘

雪山给高原披上哈达

哈达是神的祝福

在尘世中把我们簇拥

一部经卷，要经历多少沧桑才会读懂

一座迷宫，谁会在黑暗中找到出口

是谁，爱上闪电后藏身乌云


## 六

晚上九点，星星到达天空

它走了多远的路，才会离我如此亲近

它要承担多少爱，才会这么明亮

高处不胜寒。在三千米的地方

我仍在仰望。走在湖边

我在想，有没有鱼因为寂寞渴望网

有没有鹰因为孤独收起翅膀

青海湖的梦里，我的脚步声

敲着黎明虚掩的门窗


## 七

晨曦中，青海湖是太阳

铺在高原餐桌上金色的台布

雪山戴着皇冠，万物吃着圣餐

花草点亮露珠的灯笼迎接牛羊

你说你要留下来，隐姓埋名

你说你将在这里栖居，不是隐居

你说，如果爱我，叫我卓玛

卓玛，卓玛，千万个卓玛

陪着卓玛，没有人浪迹天涯


## 八

在湖边独坐的下午

我和一只羊三次对视

我从它眼里看见不安，忧虑和惊恐

我感到羞愧。为片刻的宁静

天空被飞机划成一条条轰鸣的跑道

梦想远离尘嚣的人，来到远方

制造尘嚣。我恳求羊的宽恕

我渴望大地在怜悯中将我收留

羊走远还会回来，我为你写下颂诗

# 九

夕光渐暗，云的余烬在天边飞扬

你的背影是我的第一缕暮色

青海湖的蓝，在清凉中

一寸一寸渗透我体内。我知道

只要我许可，青海湖的水

会成为我的血液流过一生

只要你愿意，我一无所有

青海湖也会给我盐，酒和面包

给我白鸥，哈达和经幡

# 盐官观潮

在水边等水。在躺着的水边
等水站起来，像你一样向我走来
我渴望能校正水巨大的时钟
让铺天盖地的震撼随我的心一起跳动

在水边等水。在近处的水边
等远处的水，像你一样提前到来
水在水上奔跑，水的脚印留在水上
我记忆的江河上是你的笑容在流淌

在水边等水。在安静的水边
等热闹的水，像你一样不再离开
天色渐暗，有谁听见水在喧嚣中哭泣
我像落日下的孤儿，在水中寻找自己的影子

# 果　盘

果盘在茶几上

喝茶的人不知去向

是谁摆置的果盘也无人知道

果盘里有香蕉，苹果，梨和橙子

它们很亲密地挨着

但只能在各自的甜蜜回忆里

等候那个拿刀的人

在天黑前回来

# 必然的叶子

这棵樟树有八百多岁了

无数的人曾从它的身下走过

无数阵风可以让其中的叶子

落在别人身上

我第一次来这里

一片叶子就在梦幻大地的途中

飘落于我

我是偶然站在这棵樟树下的

但我坚信伏到我身上的这片叶子

是一片必然的叶子

它在爱上别人之前先遇见了我

# 我们常常被往事灌醉

有一种酒名叫往事

愈陈愈香

愈不忍开启封口


往往由于毫不在意

往事的气息

从某个思绪的缝隙

渗透我们的嗅觉

黄昏或夜晚

便兀自激动或感伤起来


喝这种酒

找不到两只相同的杯子

有人一口清

有人慢慢润

各人有各人的喝法


下酒的菜很多

春天的一棵草

夏天的一把伞

秋天的一片叶

冬天的一把柴


最后一道菜常常是初恋

当时忘了放盐

现在吃起来

味道竟然好极了

为这道菜

我们要多喝几杯


我们就这么醉了

我们不是酒鬼

想到明天有更多的事情要做

我们便努力呕吐

然后将房子的里里外外

打扫干净

我们的人生就这样

深刻了起来

# 蔷　薇

春天来了，花园里我认识的花都开了

这是桃花，它依旧满脸泪痕

为它天生的红颜薄命

为风中纷纷传扬的绯闻

紧挨着桃花的是杜鹃

它和一只鸟同名，这让我认识它几十年了

仍然猜不透它夜半的心思

杜鹃的背后是杏花

从唐诗开始，它就在用雨水默默洗刷

自己在江南的清白，它的眼前站着栀子花

在乡下，它常戴在我妹妹的辫子上

我只听见妹妹在栀子花的芳香里

唱过奶奶教会她唱的一支老歌

还有玻璃翠、彩叶草、风铃草

垂丝海棠、三角梅、九里香、百日红

我刚认识它们，除了好看

我还没有为它们找到更多的词

杨柳轻抚的水边，那低着头的是什么花

它的样子好像怕我认出来

可我还没来得及问我身边看花的人

我就听见它报出自己的芳名

我叫蔷薇，我的名字是花中笔画最细致的

用毛笔正楷写我名字的人

要怜香惜玉，要有白头到老的耐心

# 河边的故事

河水淹没在它的流动中
我淹没在你河水一样的话语中

无数人来过这条河边
垂柳、水草、落花、纸船、鱼虾和卵石
在隐喻中，他们带走了他们需要的事物

他们留下了河水
留下河水淹没它的流动
我来到河边，只听见你的话语闪着星光

河水不知道它的去向
我渐渐忘了我的来路

# 不　懂

他亲吻她的嘴唇
但他不懂为何有那么多事物的真相
在她的沉默里

他亲吻她的眼睛
但他不懂为何她明亮的目光
常常让他看见灰暗

他亲吻她的耳朵
但他不懂为何她尖叫前
他没有听见任何声音

他亲吻她额上的疤痕
但他不懂为何她的疼痛
在他认为最平常的日子加剧

他亲吻她的手
但他不懂为何她的手松开时放下的

都是他希望抓紧的东西

他亲吻她的脚
但他不懂为何她停下脚步的地方
总是一片迷茫

他亲吻她的乳房
但他不懂为何她只用寂寞这个词
形容她的左乳

他亲吻她身体的每一个部位
但他不懂为何很难找到她灵魂
一寸小小的角落

# 高　原

高原是高山与平原的和解

我来自高山，你来自平原

此刻，我们站在高原上

将羊群当作为我们留下来的弥漫着青草气息的白云

风中的经幡修改了我们与世界的契约

# 十　年

还是用浪花的语言
十年前，我们谈的是大海
而现在，我们只谈一艘沉船

还是用木头的语言
十年前，我们谈的是一盆炭火
而现在，我们只谈一堆灰烬

还是用雄鹰的语言
十年前，我们谈的是闪电照亮的翅膀
而现在，我们只谈乌云笼罩的巢穴

还是用峡谷的语言
十年前，我们谈的是山峰上一棵大树
而现在，我们只谈深渊里一片枯叶

还是用青草的语言
十年前，我们谈的是大地

而现在，我们只谈蚂蚁

还是用中药的语言
十年前，我们谈的是甘草
而现在，我们只谈黄连

# 草　海

当一只黑颈鹤飞尽千山

从孤寂的天空降临到这片草海

一阵阵古意悠悠的风

就从我涟漪一样弥漫的遐想中

吹拂《诗经》里苍苍的蒹葭

谁是赶考途中在这里驻足片刻

就忘了帝都的文弱书生

灯红酒绿中的沉醉

不如在薄暮的清凉里

穿一袭青衫，和萍水相逢的窈窕淑女

在草海中唱和关关雎鸠

谁是金戈铁马一生

最后只做青草的俘虏的将军

剑的锋芒，在岁月的锈迹中黯淡

青草上的露珠，闪烁着太阳的光芒

谁在水一方，谁对着茫茫月光贴着花黄

一滴泪水挂在云鬓

让在河之洲的白露幽幽成霜

这是爱情的草海，我镜中稀疏的白发

仅仅因为目光瞬间的迷离

就成了蓬蓬的青丝

# 火　焰

是谁惊醒火焰的旧梦

让它在盼望冬天的时候

拒绝了一场已经来临的大雪


是谁划伤火焰的丝绸

让它在即将熄灭的瞬间

想起被雨淋湿的木头

# 只有墨水能止住我的饥渴

一

只有墨水能止住我的饥渴
我的每个毛孔都是一张时间之嘴
在文字中呼吸。万花筒里
我颠来倒去，像一只苍蝇
在工业遗留下的垃圾中
寻找生活的细节和精神的碎片
来去匆匆的人们，复制的目光
茫然而空洞，看不见叶子的背面
只有你，始终相信我是一只蜜蜂
勤劳，执着，孤独而高傲
在黑暗的花朵里酿造诗歌的蜜汁
尘世喧嚣，大地贫瘠，只有你
能从我翅膀每一次的轻轻颤动
听见我内心沉沉的歌声

二

你说，一滴泪，能让大海涨潮

能让海岸线，成为水中一条秘密的路

通向孤独之途。这是因为我站在海边吗？

我渴望像鱼一样，在水中说话

在盐的刺痛下接近事物的本质

你说你能在一滴水里听见鱼脉搏的跳动

我在去远方的路上，被风吹着

灯芯草的折断，让我停下脚步

你说你的一根头发，能让每一缕风

有了秩序和方向。我诗中那一行行

错过春天的痛惜，只因为你的微笑

杜鹃花擦干一场大雨的泪水

即使大雪纷飞也不会凋谢

即使末日来临也不会厌倦自己的芬芳


三

遥望苍鹰，谁不去远方

站在高处，谁不梦想天堂

雪山给大地加冕，云朵因为天空缠绵

阳光为我们重新安排了一切

我们在一粒天边的沙里

构筑自己的城堡，童话中能住下的

城堡里都能住下。某一天

在可不可预知中降临，年轮的纹身

会让我们陷入需要一生的耐心

才能清理完毕的杂物间

那一页页被青春揉皱的记忆的银箔

放进哪个遗忘的抽屉能被岁月抹平

我们不再飞翔，平静的暮色中

我们慢慢收起尘世的翅膀


四


月光下的大海，在巨大而苍茫的徘徊中

让礁石听到了波涛细微的寂寞

如果不去海边走走，和大海一起

思考虚无的彼岸，那么，在黎明降临前

有没有一条林间小路带我们

去一趟弗罗斯特的诗中

我喜欢的小路都通向乡野和田园

而你说到过的小路都陪着

海德格尔走进哲学和语言的迷宫

没有人能在沙滩上走出一条路

大海会收走每一个来看望它的脚印

迷航的人就是沿着这些脚印

找到归路。模仿一只小小的贝壳吧

置身荒漠，胸中也回荡着大海的涛声


五


多美呵，众人的赞叹发自内心

但山谷的回声掩盖不了他们

与生俱来的肤浅。那肤浅中的快乐

是你最不愿看到的，你只有沉默

你不忍心说出美丽这个词

这些蝴蝶，这些风中飞翔的花朵

这些彩虹中舞蹈的精灵

十天后就会安静地死去

就会像一片落叶被另一片落叶覆盖

就会像一阵风被另一阵风吹走

秋虫在进入冬天的睡梦之前

用游丝一样的气息吟唱着岁月的挽歌

你能听见，你能在悲悯中

为一切生灵祝福，但蝴蝶不会听见


# 六


在马路边等你，我念想能看见一辆马车

威风凛凛的位子上坐着弱不禁风的你

你穿一身粉红的古装，看不见的脚上

是一双绣花鞋。赶车的是一个老头

鹤发童颜，慈眉善目，他不认识你

但一口一个闺女，让你在异乡有了亲人

看见我，你用下弦月夜擦过眼泪的黄手绢

招呼我上车，然后你让赶车人逆行

经过老街，小巷和郊区，经过一颗五百年的柏树

到一个古代的乡村。我们在那里栖居

男耕女织，教儿女识字，读"四书""五经"

按你的韵脚，我在宣纸上为你填词作赋

利用午睡的时间，我虚构了上面的情节

我的下午因为这样的虚构显得真实


七

在赶赴盛宴的途中有一片沼泽地

蛇在跳着毒舞，鳄鱼在磨着剑牙

我说不去了吧，山珍海味没有粗茶淡饭长久

曲终人散后，往往是杯盘狼藉

只有安静，才是喧闹中最大的力量

你说，这是命运的邀请

拒绝，意味着永远放弃精神的远方

途中的挣扎，就是不可复制的经验

走过这片沼泽，会有鲜花在雪中开放

会有白鸽从午夜的星光中飞来

我们走吧，用冷静让蛇在夏天冬眠

用伪装让鳄鱼在饥饿时沉睡

我们看见了餐桌，一只孤独的盘子里

剧毒的河豚散发着迷人的芳香

# 八

灯静静地亮着，我猜想你在屋里

读一本线装书，或写一首不分行的诗

温一壶黄酒忆旧，或品一杯绿茶预言

不可避免的时刻。世界的夜晚

一个角落的思考让白昼提前来临

你在刀锋上的行走闪着灵光

煤炭一样盲目的人点燃黎明的眼睛

我从荒漠赶来，手的惊慌

让深夜的敲门声迟迟没有响起

我能从你紧锁的门前走过

我能在你的灯光里留下身影

就是石头开花，哑巴说话

我那些挽歌中破碎的山河

从此莺飞草长，枝繁叶茂

**图书在版编目（CIP）数据**

一万或万一 / 卢卫平著. — 2版. — 成都：四川
文艺出版社，2019.4
ISBN 978-7-5411-5302-0

Ⅰ.①一… Ⅱ.①卢… Ⅲ.①诗集－中国－当代
Ⅳ.①I227

中国版本图书馆CIP数据核字（2019）第041982号

YIWAN HUO WANYI
# 一万或万一

卢卫平　著

| | |
|---|---|
| 责任编辑 | 朱　兰　蔡　曦 |
| 封面设计 | 鸿儒文轩·书心瞬意 |
| 内文设计 | 史小燕 |
| 责任校对 | 汪　平 |

出版发行　四川文艺出版社（成都市槐树街2号）
网　　址　www.scwys.com
电　　话　028-86259285（发行部）　　028-86259303（编辑部）
传　　真　028-86259306

邮购地址　成都市槐树街2号四川文艺出版社邮购部　610031
印　　刷　三河市华东印刷有限公司
成品尺寸　142mm×210mm　　　开　本　32开
印　　张　6.5　　　　　　　　　字　数　130千
版　　次　2019年4月第二版　　　印　次　2021年4月第三次印刷
书　　号　ISBN 978-7-5411-5302-0
定　　价　45.00元